오래된 오늘

황금알 시인선 188

오래된 오늘

초판발행일 | 2018년 11월 30일

지은이 | 이효범
펴낸곳 | 도서출판 황금알
펴낸이 | 金永馥
선정위원 | 김영승 · 마종기 · 유안진 · 이수익
주간 | 김영탁
편집실장 | 조경숙
표지디자인 | 칼라박스
주소 | 03088 서울시 종로구 이화장2길 29-3, 104호(동숭동)
전화 | 02)2275-9171
팩스 | 02)2275-9172
이메일 | tibet21@hanmail.net
홈페이지 | http://goldegg21.com
출판등록 | 2003년 03월 26일(제300-2003-230호)

ⓒ2018 이효범 & Gold Egg Publishing Company Printed in Korea

값은 뒤표지에 있습니다.

ISBN 979-11-89205-25-6-03810

오래된 오늘

이효범 시집

황금알

나는 1953년 4월 17일(음력) 충남 홍성에서 태어났습니다.

나는 1995년 황금찬, 박동규님으로부터 추천을 받아 『心象』을 통해 등단하였습니다.

등단하기 전 1993년에 제3문학사에서 『아내가 있는 풍경』을 출판하였습니다. 이 시집은 주로 아내를 소묘한 시들로 채워졌는데, 꽤 반응이 뜨거웠습니다. 1994년 여성잡지인 『Queen』 3월호에 4페이지에 걸쳐 특집 기사를 싣기도 하였습니다.

이 시집과 등단에 고무되어 나는 1996년에 대교출판사에서 『때가 되어 별이 내게 오고』를 출판하였습니다. 2006년에는 시선사에서 『나무를 껴안다』도 출판하였습니다. 글쎄 무어라고 말해야 좋을까요. 이 두 시집은 그 후 여러 번 읽어보고 스스로 반성을 많이 하였습니다. 메시지도 약하고, 그렇다고 문학적으로 승화된 것도 아니고, 제 자신이 부끄럽고 초라했습니다. 나의 시상과 시적 표현들을 남들이 먼저 발표할 것 같아 조바심으로 서둘러 낸 시들이 시퍼런 칼날이 되어 자신을 마구 찔러댔습니다. 나는 피를 토하고 쓰러졌고 그래서 시집을 낸다는 것에 커다란 두려움을 갖게 되었습니다.

그렇다고 시 쓰기를 멈춘 것은 아닙니다. 나는 공개적으로 시 활동을 활발하게 하지는 않았지만, 이곳 계룡산과 금강을 중심으로 공주, 대전, 논산 시인들이 모여 활동하는 〈금강시마을〉을 중심으로 꾸준히 시에 대해 고민해왔습니다. 1995년부터 시작한 이 모임의 창립 멤버이며 아직도 남아 있는 두 명 중의 하나이니까 시 쓴지가 결코 짧다고는 할 수 없습니다. 그러나 역사에 비해 내실은 장담할 수 없습니다. 내 시는 아마 내 테니스 실력과 비슷한지 모르겠습니다. 테니스를 한 지는 30년이 넘었지만 아직도 동네 테니스 수준을 벗어나지 못하고 한 번도 큰 대회에서 우승한 적이 없었으니까요.

이번에 용기를 내어 네 번째 시집을 상재합니다. 개인적으로는 나의 정년퇴임과 연관되어 있습니다. 나는 1982년 공주사범대학 윤리교육과에 전임강사로 부임하여 이제 정년을 맞게 됩니다. 인생의 가장 중요한 시절을 공주사대에서 보낸 셈입니다. 퇴임을 하면서 우연히 두 권의 책을 준비했는데 그중 하나는 『왜 사람이 죽는가』라는 꽤 무거운 철학 서적이고, 다른 하나는 바로 이 『오래된 오늘』이라는 시집입니다.

시 쓰기는 사실 나의 전공은 아닙니다. 그렇지만 이 작업은 내가 아주 소중하게 생각하는 일이고 또 나를 쓰러지지 않게 지켜준 버팀목이기도 합니다. 나는 40대 후반에 큰 혼란을 겪었습니다. 외적으로는 대학원 석사과정을 마치자마자 과분한 행운으로 대학에 몸을 담을 수 있었습니다. 그러나 내면적으로는 내 소망이 이루어지지 않았습니다. 서강

대학 철학과에서 나는 서양영미분석철학을 전공하였습니다. 그런데 막상 공주사대 윤리교육과 전임교수가 되어서는 서양윤리학과 교양수업을 주로 하게 되었습니다. 학교에서나 개인적으로 나의 전공을 심도 있게 연구할 수 있는 여건이 되지 못한 것입니다. 점점 시간이 지나면서 분석철학에 대한 흥미도 떨어지고 또 계속해서 학문에 매진할 수 있는 자신감도 상실되어 갔습니다. 사실 언어를 분석하는 현대철학을 제대로 수행하려면 서양언어에 능통하면서도 논리력, 분석력과 함께 서양철학 전반에 관해 깊은 지식이 있어야 합니다. 내가 시골에서 혼자 그것을 담당하기에는 참으로 벅찼습니다. 또 나는 그렇게 차디찬 이성적이고 논리적인 사람이 아닙니다. 오히려 그런 사람을 혐오하기까지 합니다.

그러면 이제 남은 인생을 어떻게 살아야 하나? 직업이 해결되니 새로운 고민이 생겼습니다. 그때 나는 프랑스 현대 철학자들을 생각하게 되었습니다. 철학과 문학의 만남. 사르트르는 대단한 철학을 가지고 있지만, 그것을 딱딱한 논리적 언어 대신에 문학적 언어로 표현하였습니다. 또 꼭 프랑스는 아니지만 독일의 니체나 덴마크의 키에르케고르를 보십시오. 내가 여기 공주 금강 가에서 가야 할 길은 바로 그런 철학자의 길이라고 생각하였습니다. 그래 시를 써보자. 그래서 시는 나의 흔들림을 막아주는 하나의 방편이 되었던 것입니다. 또한 시는 논리와 이성을 추구하면서 빠졌던 삭막한 사막 같은 삶을 건져내어 치유해주었습니다.

촉촉한 감성적 삶과 문학의 카타르시스는 우리에게 생기를 줍니다. 그래서 나는 시로써 중년의 정신적 위기를 극복할 수 있었습니다.

그런데 이런 고마운 시를 나는 제대로 대접하지 못했습니다. 나는 독립투사처럼 목숨을 걸고 시를 쓰지 못했습니다. 고양이가 쥐잡듯이 일념으로 시를 따라가지 못했습니다. 그리고 나의 시는 철학도 아니고 문학도 아닙니다. 나의 시는 물 빠진 저수지처럼 천박하고 또 대패질하지 않는 원목처럼 거칩니다. 그러나 나는 시에 아첨하거나 대중이나 문단권력에 굴복하지 않았습니다. 다만 나는 조금 게으르게 그리고 다른 사람의 평가에 그리 민감하게 반응하지 않으면서 소걸음으로 시를 써왔을 뿐입니다.

이런 고질병은 쉽게 고쳐지지 않습니다. 나를 사랑하는 사람들이여 나를 제발 용서해주세요. 술을 먹지 않겠다고 약속하는 술중독자처럼, 나는 시가 익기 전까지는 아니면 시가 먼저 말을 걸어오기 전까지는 절대 시집을 내지 않겠다고 나 스스로에게 한 약속을 깨고 오두방정을 떨고 있습니다.

그러나 실수로 나의 시집『오래된 오늘』을 사신 사랑하는 독자분들이시여! 오늘 이 시를 읽으시고 제발 눈물을 닦고 오랜 고통이 치유되시기를 바랍니다.

2018년 가을
이효범

차 례

1부 꽃

2부 구름

3부 단풍

4부 눈

1부

꽃

꽃

꽃을 꺾는 것처럼
꽃을 정의하는 것은
꽃에 대한 폭력이다.
예쁘다고 함부로 말하지 마라.
바람처럼 건성으로 건드리지 마라.
생명을 건 저 절규 소리를 들어라.
빛 속에서 탄생하는 저 경이로움
시간 속으로 소멸하는 저 장엄함
허무를 찌르는 저 마지막 승부수
절정은 이미 절정을 넘는다.
꽃은 꽃이 아니다.
꽃을 죽은 언어로 가두지 마라.
꽃은 언제나 우리의 의식 밖으로 빠져나간다.
온전히 잡히지 않는 꽃
그래서 꽃은 사랑스럽다.
그래서 꽃은 꽃이다.

봄의 사랑

어깨에 힘을 빼요.
굳은 어깨로는
멀리 공을 칠 수 없어요.
허리도 부드럽게
욕심은 줄이고.
우리 사랑도
그렇게 해요.
터치는 가볍게
만남은 부담 없이
질투도 엷게, 아주 엷게.
무겁고 난해한 건 헌책에 맡겨요.
쥐 잡는 눈빛은 아주 싫어요.
봄비같이, 연한 풀잎같이
우리 그렇게 사랑해요.

봄

봄은
문을 열고 나와
보라고 봄이다.
그래, 걸어 나와야 봄이다.
몸도 나오고 영혼도 따라 나와야 봄이다.
산속에서 물도 나오고, 언 땅에서 새싹도 나오고,
고목에서 잎도 나오고, 뱀도, 벌도, 나비도 나와
화엄을 이루는 세상
그런 찬란을 보라고 봄이다.
햇살 위에 햇살이 겹치고
파도 위에 파도가 덮치듯이
영혼 위에 영혼이 넘쳐
새롭게 보라고 봄이다.
바닥 없는 바닥에서
어둠 없는 어둠에서
보이지 않는 것들이 보이는 것들을 만들고 있는
저, 성스런 선한 손길을 보아라.
아주 먼 길을 숨차게 달려온 생명들은
환희로 자신의 존재를 노래한다.

그러나 그 노래는 고등어 등처럼 비릿하다.
그러나 그 노래는 거미줄에 걸린 이슬처럼 아슬하다.
비릿하고 아슬한 노래만이 이 땅의 진리이다.
그런 진리를 보라고 봄이다.

왓찰롱 사원*

사원이 무상으로 열려 있다.

세상의 가장 가난한 장사꾼들이
세상의 가장 가난한 사람들에게
세상의 가장 하찮은 물건들을
세상에서 가장 싸게 팔고 있다.

세상의 가장 힘없는 사람들이
세상에서 가장 크게 웃고 있다.
세상의 개들도 거침없이 걷고 있다.

세상에 감출 보화가 없으므로
사원은 스스로 지켜지고 있다.

* 태국 푸켓에 있는 사원

희망

나는 한 마리 비린 고등어로 살고 싶다.
비록 이성은 없어도
그래서 말은 못해도
그래서 존경은 받지 못해도
건강한 본능에 따라
동해 푸른 바다를
푸른 등으로 빛나게 헤엄치고 싶다.
커다란 은총으로
가난한 어부에게 잡혀
설사 폼 나는 사람의 허벅지가 된다 해도
허벅지는 허벅지일 뿐.
나는 거룩한 우주의 한 부분이 아니라
온전하고 싱싱한 하나의 우주이기를 꿈꾸나니
그것이 비록 값싼 고등어일지라도
그것이 비록 언젠가 고래의 검은 뱃속으로 사라진다
해도
광활한 저녁노을
성난 파도가 노을을 삼켜도
휘파람 불며 기세등등하게
춤추는 고등어로 살고 싶다.

계룡산 1

봄은 닭
여름은 용
가을은 여자
겨울은 경經.

계룡산 2

그래서
계룡산이다.
그러나
계룡산이다.
그래도
계룡산이다.

계룡산 3

이른 아침
대전에서 공주 가는 길
어떤 여자가 웃고 있다.
조금 이마가 나온 것이
거리의 여자인가?
자동차 감미로운 음악에 취해
연신 모른 척해도
자존심도 없는지
계속 유혹하고 있다.
돈은 몰라도
시간에 여유가 있는 사람이라면
마지못해 한 번쯤은 계룡산에
몸을 맡겨 볼 일이다.
박정자에서 길을 틀어 동학사 쪽으로 파고들수록
가랑이 사이로 숨이 막혀오고
첫사랑 애인처럼
호락호락 몸을 허락하지 않음을 알게 되리라.
미쳐 마음을 정하지 못해
조금 더 가서 온천리에서 상신리로 꺾어 들어도

하늘로 힘차게 솟아오른 탄력 있는 유방들.
이것을 용이나 닭 벼슬로 보는 사람은
아마 점잖은 사람이리라.
봉우리를 하늘처럼 추상으로 처리하고
입산을 꺼린다면 아마 도인에 가까우리라.
평일 아침에 계룡산 서쪽, 갑사로 가는 것은
어림없는 일이다.
살다가 살다가 그래도 울고 싶을 때
가야 할 곳을 남겨두는 일은 현명한 일이다.
해질녘
일상에서 귀가하는 길
반가워 다시 인사를 할라치면
치마를 칭칭 동여매고
눈길 한 번 주지 않는 매몰찬 자태.
시간을 통째로 내지 않고서는
빨리 집에 가서
아내나 잘 모시라는 무서운 엄명.
깊은 밤 술에 취해 홀로 가면서
응큼한 눈빛으로 쳐다보면

달빛 아래서도 고고함을 잃지 않고
세상은 그리 녹녹지 않는 것이라고
등 떠밀어주는 어머니.
그러니 계룡산 동쪽을 지날 때면
스핑크스 앞처럼 언제나 묻는다.
당신은 누구십니까?

콩나물의 신비

콩에 물을 준다.
부드러운 둥근 것이
딱딱한 둥근 것을 두드린다.
응답이 없다.
또 물을 준다.
소귀에 경을 읽듯이
주고 주고 또 준다.
다정하게 지나가는 것이
막힌 귀를 뜨게 한다.
오래 포기하지 않는 것이
앉은뱅이 몸을 일으켜 세운다.
어머나?
모든 창을 닫고
완벽하게 마침이던 것이
마침내 마침을 마치고
무엇인가 되고 있다.
팥이 아니고
기어코 콩나물이 되고 있다.

삶

기억하라
네가 온 곳을.

붙잡아라
바로 오늘을.

노래하라
살고 있는 이 땅을.

놓아버려라
가죽 주머니 속의 나를.

기도하라
네가 갈 곳을.

이별

수첩에서 한 이름을 지운다.
살아있는 사람을 지운다.
눈물로써 지운다.

당신도 내 이름을 지워다오.
모든 추억도 지워다오.
웃으면서 지워다오.

사랑 없는 세상도 한숨이지만
사랑 많은 세상도 눈물이구나.

우리 둘 사이에는
처음처럼 바람이 불고
하얀 구름이 흘렀으면 좋겠다.

나그네

알지 못하는 곳에서 와서
알지 못하는 곳으로 가는
나그네여
당신은 소식이다.
새로운 소식이 나의 눈을 뜨게 한다.

알지 못하는 때에 와서
알지 못하는 때에 가는
나그네여
당신은 노래이다.
새로운 노래가 나의 귀를 열게 한다.

오! 나의 나그네여
나는 오늘 문을 열고
온몸으로 온종일을 운명처럼 기다리노라니
당신은 바람이다.
새로운 바람이 나의 영혼을 깊게 한다.

권주가

　먹세, 먹세, 잔 돌리며 먹세, 말은 짧게 하고, 눈이 즐겁게 먹세, 자연의 오묘한 맛이 이 한잔에 모두 녹아 있으니, 먹세, 먹세, 목이 타도록 마시세, 내가 나를 벗어나는 길은 오직 술뿐, 그래서 술은 신이 준 고마운 선물, 선물 주신 이를 위해 우선 건배, 삼백육십오 가지 술 먹는 이유가 있으니, 밤새워 먹세, 배짱 좋게 꺾세, 돈 없으면 어떤가? 이름이 알려지지 않았다고 무엇이 대수인가? 아내도 얻고 자식도 있으니 더 이상 무엇을 바랄 건가? 골치 아픈 문제는 그 잘난 정치인들에게 맡기고, 우리는 그저 오늘 하루 꽃피고 벌과 나비 나는 것에 감사할 뿐, 술 모르는 자는 사랑도 모르고, 술 취하지 않는 자는 우정도 없나니, 먹세, 먹세, 술잔 바닥을 머리에 엎으며 껄껄 웃으며 마시세, 내 앞에 당신이 있고, 아직 술이 남아 있으니, 우리는 세상을 다 가진 자, 오! 근심은 멀리 사라졌도다, 세상은 아름답고 우리는 아직도 힘이 넘치나니 먹세, 먹세, 술에 먹히지 않게, 술술, 아주 오래 노래하며 마시세.

손녀

딸이 딸을 낳았다.
온 집안이 환해졌다.

아이는 기고,
아이는 일어서고,
아이는 뒷발을 들어 걷더니,
먼 미래 속으로 달려간다.

온 우주가 꽃으로 피어난다.

아래와 위

서재에서나
화장실에서
딸이 카톡으로 보내온
외손녀, 외손자 사진을 본다.
그때 나는 웃는다.
그때 나는 기도한다.

인간 세상에서 벗어나
하늘을 경배하고
땅에 감사한다.

모두
안녕하시다.

벽

오늘이 어제와 똑같은 날이라면
삶이 무슨 의미가 있겠는가
그러나 그것은 시간의 잘못이 아니다
내가 오늘을 잡지 못하기 때문이다.

당신이 모든 사람과 똑같은 사람이라면
당신과의 만남이 무슨 의미가 있겠는가
그러나 그것은 당신의 잘못이 아니다
내가 나로 살지 못하기 때문이다.

나는 오래된 벽 앞에 서 있다
나는 통곡하고 또 통곡한다
그러나 그것은 벽의 잘못이 아니다
오늘 내가 벽을 넘어서지 못하기 때문이다.

조용

쉿!
입술에 대는 검지로
파도처럼 밀려오는 조용
조용 밑으로 굴러가는 아이들의 눈동자.
탕!
운동회 줄 위에 서서
신호만 기다리는 조용들
조용과 조용이 만나 폭발하는 시끄러움.
조용이 어둠을 뚫고 하늘로 솟구친 오늘
조용이 어머니 자궁을 울음으로 빠져나온 나
나는 오늘 도저히 멈출 수 없는 시끄러움.
그러나 쉿!
입을 막고 귀를 열어 조용
조용조용 찾아오는 햇살 같은 조용
또다시 바람을 일으키는 조용.

화두

어떤 사람은 내가 있다고 말하고
어떤 사람은 내가 없다고 말한다.

나는
없으나, 없음 없는 없음의 없음이고,
없음은 없음이나, 없음 없는 없음이고,
없음 없는 없음이나, 없음은 없음이고,
없음 없는 없음의 없음이나, 없음이라고 말한다.

2부

구름

감자

아침 식탁에서 감자를 먹는다.
땅을 닮은 감자가 맛이 있다.
또 먹고 싶어 혀를 다신다.
내일 다시 감자를 사러 마트에 가야겠다.
그러면 부지런한 농부는 감자를 심으리라.
산더미처럼 수확한 감자에서
제일 좋은 감자를 종자로 고르리라.
겨우내 어둠 속에 보관하였다가
내년 봄, 바람 좋은 날, 기름진, 넓은 들판에 심으리
라.
감자, 둥글 맞은 감자, 뼈 없는 감자, 쉽게 까지는 감
자, 발이 없는 감자, 생각 없는 감자, 불쌍한 감자.
그러나 99개 모두를 내어주고
단 1개만 숨길 줄 알아
둥근 감자는 무궁하다.
돌아 돌아 먼 길을 아슬하게 돌아
오늘 아침 내게 온
감자에게 고개 숙여 경배한다.

비와 소나무

아찔한 수직 절벽에
온몸으로 헤딩하는
천방지축 빗방울.
새끼발가락만 걸치고
활처럼 휘어져 찢어질 듯 푸른 치마로 감싸 안는
옹고집 늙은 소나무.
곡마단 곡예사처럼
한줄기 허공에서
은밀히 맞물리는 비와 소나무.
쉿!
돌 던지지 마라.
어둠에서 빛으로 향하는
한낮의 저 숨 막히는 정사에.

어느 여름날의 풍경

느티나무 아래서
소리 내어 경을 읽는다.
하늘이 붉도록 경을 읽는다.
이제 도가 깊어졌는지
발밑으로 모기가 점검을 나온다.
화들짝 놀란 마음은
경을 말아 모기를 내리친다.
선혈이 낭자한 모기의 피.
안심한 마음은 다시 경을 읽는다.
"모든 생명은 다 부처가 될 성품이 있다."
나뭇가지 위 매미가 눈이 똥그래
맴맴 목청 높이 운다.

숲 속에서

멀리 집을 떠나
숲을 걷는다.
숲은 넓다.
산길은 켭켭이 가려져 있다.
온종일 숲을 걸으면서
말은 하지 않는다.
걷다가 지쳐 앉아 있을 때는
눈을 감는다.
계곡물이 스스로 자신을 나타내도록
참나무가 스스로 자신을 나타내도록
다람쥐가 스스로 자신을 나타내도록
겸손하게 기다리고 또 기다린다.
버섯을 따러 온 사람이 지나간다.
그는 가득 찬 보따리를 신나게 자랑한다.
나는 그대로 눈을 감고, 웃으면서, 말을 삼간다.
그 사람이 스스로 자신을 나타내도록
물, 참나무, 다람쥐, 버섯 따는 사람이 나타나는
내가 스스로 잘 나타나도록.
숲은 깊고, 따뜻하다.
나는 눈을 감는다.

칡

누군가를 비난할 생각은 추호도 없다.
평생을 그렇게 살아왔다.
그러나 칡은 다르다.
살랑살랑 웃으며 다가와
우직하게 솟은 참나무 등줄을 올라타고
서서히 목을 조이는
어지럽다 칡넝쿨이여.
너의 감춰진 그 깊은 뿌리를 보여다오.
먼 옛날 그 누구처럼
이런들 어떠하리 저런들 어떠하리 수작 부리며
내 아버지의 무덤까지 점령한 칡이여
서럽게 서럽게 기어온 너의 줄기가
드러낼 수 없는 너의 수치다.
나의 평생 동료도 그러하였다.
나는 이제 마키아벨리를 증오하지 않으련다.
네가 뱀처럼 휘감아 놓은
너의 푸른 영토가 사실은 너의 숨 막히는 무덤이다.
움켜쥘수록 가난한 칡이여, 한스러운 나의 과거여
스스로 상처를 내어

비켜 가는 바람을 불러 모으고
숨어가는 물들을 한곳에 모아
차라리 작은 풀들을 키워라.
원망이야 하나의 조각구름 같은 것.
네 심장에 박힌 총탄이
저 꿋꿋한 참나무인들 없겠는가?
칡이여, 온 산을 칭칭 뒤덮는 칡이여
서는 것은 서게 하고
흘러가는 것은 흘러가게 하라.

어금니

어금니가 빠졌다.
남자가 사라졌다.
갈비를 뜯어본 자는 알리라.
밀림을 호령하는 사자처럼
산다는 것은 어금니로 먹이를
갈가리 찢어놓는 일.
쩝쩝 피맛을 즐기고
씨익 웃으며
흙 묻은 손으로 입가를 슬쩍 닦아내는 짓.
또 이생에 무엇이 남았다고
죄수처럼 치과에 끌려가는가?
견딜 수 없을 때는 왼손을 드세요.
왼손을 드세요?
키스해 주세요.
어금니가 쏙 빠지도록.
차라리 벌어진 입으로 백기를 들어라.
어금니를 깨물어야
앞으로 질주할 수 있다.
질주하여 먹이를 단번에 잡지 못하면

그것은 사자가 아니다.
그것은 남자가 아니다.

섬 1

섬은 가장자리에 존재한다.
섬은 마침표로 존재한다.
섬은 본토와 다른 방식으로 존재한다.
그러나 가슴을 치며 외로워하지 마라.
모든 사람들이 그렇듯이
너는 언제나 중심으로 이어진다.
스스로 고립되었기 때문에
푸른 파도가 밀려온다.
스스로 무너졌기 때문에
고기들이 집을 짓는다.
스스로 감추어졌기 때문에
온전히 드러난다.
그러나 섬아 조그만 돛단배를 그리워하라.
너무 희어 너무 슬픈 뭉게구름을 오래 바라보아라.
모든 사람들이 그렇듯이
너는 언제나 초월의 일부이다.

섬 2

앞도
뒤도
옆도
열려 있다.

오라,
열려있는 경계를
다시 열어젖힐 수 있는 사람은.

모자

사람 없는 산에 올라갔다가
5년 동안 썼던 모자를 놓고 왔다.
정치하는 놈들 욕하다가
스스로 분노하여 모자 쓰는 것을 잃어버렸다.
이젠 모자가 너무 낡았어.
애써 태연하게 잊으려 해도
자기를 버린 주인을 기다리는 개처럼
빼꼼이 주인만을 기다릴 것 같은 모자.
한밤중에 숲 속에서 얼마나 무서울까?
비바람에 감기라도 걸리지 않을까?
머리를 벽에 박으며 자꾸만 부인해도
모자가 소리친다.
지친 모자가 걸어온다.
그래 네 말이 맞다.
대머리에는 모자가 있어야 한다.

본색

푸른 날을 가져야 칼이다.
아무도 무서워하지 않으면 칼이 아니다.

단맛을 지녀야 사과이다.
아무도 먹고 싶지 않으면 사과가 아니다.

자기 스토리가 있어야 사람이다.
아무도 들으려고 하지 않으면 사람이 아니다.

비 오는 저녁

비 오는 저녁
문을 두드리는 소리가 났다
신발을 끌고 뛰어나갔더니
아침에 온 신문이 젖어 있었다
다시 두드리는 소리가 났다
이번에는
바람에 쓸려온 낙엽이었다
날이 어두워 또다시 소리가 났다
아무것도 없었다
조금 후 다시 소리가 났다
아무 일도 없었다
나이가 들어서 귀가 먹먹해졌나
그러나 분명한 소리였다
밖에서 문을 두드리는 이, 거 누구신가?
소리쳤지만 대답이 없었다
아무것도 없음이 문을 두드릴 수 있는가?
갑자기 세상이 헷갈려졌다
이러다간 사는 일과 죽는 일도 바뀌겠는걸
용기를 내어 문을 열고

바깥을 한동안 주시해 봤다
정말 문밖엔 아무도 없으신가?
그러면 문 안에서 듣고 있는 이는 누구신가?
대답이 없었다.

왜 사느냐고

누군가가 내게 물었다.
사람이 왜 사느냐고?
그건 이름난 사람에게 물어야지
나는 시골 대학 철학 교수라 모른다고 대답했다.
바다에서 파도가 치듯 열다섯 살에 이 의문이 일어났다.
삼십을 지나, 불혹을 지나, 천명을 지나,
또 여자의 눈물을 알 때를 지나, 정년이 다 되어도 모르긴 마찬가지이다.
어렸을 땐 국가가
민족중흥의 역사적 사명을 주입했다.
국민교육헌장을 외우고 또 외웠다.
그러나 국가란 보이지 않았다.
빛나던 이념은 음흉했고 공허했다.
젊었을 땐 돈이 만사를 지배했다.
신이 죽듯 의미도 죽었다.
아침에 처음 보는 사람을
오직 그 이유로 돌로 쳐 죽이는 세상.
까만 법복을 입고 준엄하게 심판하던 재판관이

다음 날 포승줄에 묶여 법정에 끌려간다.
1%만 잘 살고 99%는 빈곤에 허덕여도
혁명을 향한 비판적 이성은 도구로 전락한 지 오래
사람은 줄 밖에 난 활자가 되었다.
사람의 아들은 배우고 사랑할 수 없게 되었다.
마음이 한가로워 그냥 웃을 수도 없게 되었다.
파랑새는 산 넘어 남쪽에서도, 우리 집 정원에서도 사
라졌다.
우리가 합일하고 싶은 자연은 이미 깊게 병들었다.
한때 우리의 피를 끓게 했던 자유는 광고 문구처럼 천
박해졌다.
오, 우리가 그토록 찬양하고 순종해야 할 거룩한 분은
그분은 자기 서재에서 칩거하고 계시다.
큰일이다, 어머니는 피곤하여 코 골고 있는데
쾌락만이 문밖에서 끈질기게 우리를 유혹하고 있다.
우리가 피조된 것도 아니고, 자기가 만든 것도 아니
고,
그렇다고 선물도, 던져진 것도 아니라면
도대체 한 줌 우리 삶은 무어란 말인가?

연구실을 나와 금강 가를 거닐며 물었다.

강물은 왜 바다로 흘러가는가?

바다로 돌아가면 어떻게 되는가?

소의 되새김처럼 저녁노을이 질 때까지 묻고 또 물었다.

나는 바다인가?

죽음이 삶의 끝이라 해도

또 우리의 삶이 헛되고 헛되고 헛되어도

오래전에 인간에게서 떠난 차디찬 이성을

눈물로써, 피로써 다시 불러와야 한다.

한 번뿐인 낯선 우리의 인생

다른 나라 여행하듯, 호기심과 희망에 등 떠밀려

자기 스토리를 마저 완성해야 한다.

우리는 운명처럼 묻고 답해야 한다.

누가 말할 수 있을까?

누가 장미를 꽃이라고 말할 수 있을까?

그러나 시골 대학 철학 교수는 잘 모른다.

모른다는 사실만을 잘 알고 있을 뿐이다.

게구멍

갯벌에
게가 파놓은 구멍.
바닷물이 빠지면
들여다보고 싶다.

홍수

사람들은 재앙이라 말한다.
하늘이 깜깜해지고
희망마저 사라질 때
낮게 소리 죽여 흐르던 강물이
억압의 견고한 강둑을 무너뜨리고
성난 민심처럼 온 들판을 휩쓸고 갈 때
백 년 만에 한 번 올까 말까 한 천재라 말한다.
그러나 그것은 언제나 일어날 수 있는 일.
본디부터 가야 할 길이 어디 있는가?
사람들은 울타리를 쳐서 안과 밖을 구분하지만
바람은 걸림 없이 경계를 넘나들고
두더지는 땅 밑으로 굴을 판다.
자연만이 그런 것이 아니다.
아내도 그렇고
남편도 마찬가지이다.
인간이 가야 할 길이 본디 어디 있는가?
홍수가 정말 재앙이라면
우리의 삶도 사실 재앙 아닌가?
바닥에서 보면 홍수는 축복이다.

산불 나기를 기다리는 솔방울처럼
땅속에서 백 년을 기다린 자의
거센 핏빛의 응답이다.
그러니 오라, 홍수여!
거세게 와서, 무너질 수 없는 둑을 무너뜨려라.
길 없는 길을 보여 주어라.

안구

눈이 둘이다.
보라, 눈이 있는 사람은
눈이 둘이다.
하나이면 얼마나 외로울까?
그러나 이상도 하다.
입은 하나이다.
보라, 입이 있는 사람은
이다지 세상이 시끄러운데
입은 단지 하나이다.

넝쿨장미

그냥 넘는가 보다
어린아이처럼 막무가내로 넘는가 보다
낮술 먹은 50대 중년처럼 이판사판 넘는가 보다
70 넘은 노인처럼 목숨 걸고 넘는가 보다
담장 넘어 날개 없이 허공으로 뻗어오는 넝쿨장미.

나더러 어쩌란 말인가
이성을 가진 나더러.

개와 친구

나이 든 친구들은
개를 기른다.
개를 싫어했던 사람도
변명하며 개를 기른다.
개를 기를수록
개 이야기가 늘어난다.
같은 사람들은 욕하면서
모든 개는 찬양한다.
개는 배반하지 않고,
개는 가식이 없고,
개도 똥 · 오줌을 가리고,
개도 생각을 하고,
개도 배려를 한다.
개를 기를수록
개와 하나가 된다.
개와 밥 먹고,
개와 대화하고,
개와 산책하고,
개와 잠잔다.

나이 든 친구들은
개 같은 얼굴이 된다.

3부

단풍

가을

가을은 철학의 계절
주인과 손님을 갈라놓는다.

먹고,
마시고,
노래하고,
춤추던,
손님은 낙엽처럼 떠나간다.

씨 뿌리고,
거름 주고,
거두고,
저장하던,
주인만이 나무 기둥처럼 남는다.

주인만이 강철 같은 겨울을 견뎌
다음에 올 생명의 잔치를 준비한다.

나이

동사무소에 갔더니 나이를 물었습니다.
오랫동안 잊고 살아 정확히 모른다고 말했습니다.
테니스 코트에서 상대방이 물었습니다.
3살 많게 하늘 보며 말했습니다.
여행길에 예쁜 여인이 물었습니다.
5살 적게 눈에 힘주며 말했습니다.

당신의 실제 나이는 몇입니까?

정신은 어머니 이전부터 왔으니 알 수 없습니다.
몸도 강물처럼 흘러가니 어느 곳에서 왔는지 알 수 없습니다.
알면서도 잊고, 잊고 싶어 잊는 것이 나이라지만
자신도 자신을 알 수 없는데 나이가 어디 가당한 일입니까.
아무리 물어도 흰 머리털은 세어줄 수 있어도
맹세코 나이를 말할 수는 없습니다.

청문회

한 사람이 의자에 앉아 있다.
사형을 선고 받는 죄수처럼
최고의 권좌에 오르기 전에
죽음의 시련을 기다리고 있다.
자 이제 가면을 벗어라.
삶은 순결하지도 화평하지도 않은 것.
지난 어둠에서 도망치기 위해
두 발로 꼿꼿이 서서 걷지 않고
온몸으로 기었다고 고백하라.
죽지 않는 자가
죽어야 할 자를 통치하는 것이 아니다.
위로 올라가는 자나
아래에 남을 자는 다 같은 형제자매다.
비겁하게 망각의 강으로 도망치지 마라.
여자가 광장으로 끌려 나왔기 때문에
간음에서 벗어났듯이
5천만의 시선 앞에서 옷을 벗어야
새로운 옷을 입을 수 있다.
삶이 죽음으로 흘러가지 않는다면

어찌 새로워질 수 있겠느냐.
단두대 위 당신 목을 옭아맨 밧줄이
당신의 정신을 하늘로 끌어 올린다.
성난 민중의 외침의 바다에
심청이처럼 몸을 던져라.
그리하여 격랑의 바다에서 솟아나
눈먼 백성들을 잔치 마당으로 이끌어라.
영웅의 시대는 이미 지났지만
떳떳하게 죽고
당당하게 일어서라.

오늘

내일도 아니고,
어제도 아닌,
바로 분명한 오늘.

걸을 수만 있으면
춤을 추고,
말할 수만 있으면
노래를 부르고,
읽을 수만 있으면
글을 쓰고,
먹을 수만 있으면
기도를 하고,
만날 수만 있으면
사랑을 하라.

환갑

내 나이 벌써 60.
육갑을 떨었는데
몸통은 아직도 단단하고
마음은 더욱 푸르러지네.
지난 60은 준비 기간이었으니
이제 제대로 살아볼까?
지난 60은 받기만 하였으니
이제 주는 인생을 살아볼까?
그래 천수의 120이 되면
본전이 되겠지.
더하지도 덜하지도 않은
평형의 인생.

중년 부부의 대화

당신은 말한다.
나는 듣는다.
당신은 '가'를 말한다.
나는 '가'를 듣고
'가, 나'를 생각한다.
당신은 '나'를 말한다.
나는 '나'를 듣고
'가, 나, 다'를 생각한다.
말은 늦고 생각은 빠르다.
당신은 '다'를 말한다.
나는 '가, 나, 라'를 생각한다.
당신은 입을 다문다.
나는 말한다.
당신은 듣는다.
나는 '거'를 말한다.
당신은 '거'를 듣는다.
나는 '너'를 말한다.
당신은 생각한다.
나는 '더'를 말한다.

거피가 듣는다.
거피가 전한다.
우리의 눈빛이 마주친다.
'어'라고 나는 말한다.
'아'라고 당신은 말한다.

탑

탑이 세워져 있다.
땅속에 묻힐 죽음이
하늘에 드러나 있다.
쪼개진 여러 조각들이
거대한 상징물을 이루고 있다.
무거운 것은 땅 가까이
가벼운 것은 하늘 위로
가끔은 질서가 깨지기도 하지만
비와 바람에 순응하고 있다.
낮과 밤사이
성스런 사이를 강처럼 흐르는 햇살이
침묵의 탑 모퉁이에 부딪혀
사방으로 흩뿌려지고 있다.
지상에 익숙한 눈으로는 볼 수 없는
먼 길을 기어온 뱀 같은 욕망이
주인인 양 탑으로 들어가고 있다.
세워진 것의 저 꼿꼿함.
남쪽에서 온 사람은 경배하고
북쪽에서 온 사람은 조롱하고 있다.

당근

아침마다 당근을 갑니다.

아내를 위해 붉은 당근을 갑니다.

평생을 집에 적만 두고 밖으로 나돌아다녔습니다.

아내가 안으로 당길수록 황소처럼 두발로 버텼습니다.

소나기 같은 잔소리는 못된 심성에서 기원하는 줄 알았습니다.

두 손을 놓지 못한 것은 순전히 아이들 때문이었습니다.

구름을 잡는 일은 애당초 불가능한 꿈이었습니다.

긴 꿈에서 깨어나니 바람 없는 안방이었습니다.

아내가 일군 집에서 나는 준 것이 없습니다.

시들한 당근 두 개를 찬물에 깨끗이 씻습니다.

보증기간이 지난 주스기에 갈았더니 그래도 붉은 즙이 나옵니다.

당근 주스를 받아들고 아내는 수줍어합니다.

주름진 아내의 두 볼이 당근을 닮아갑니다.

할 수 있다면 처음 만난 시간으로 돌아가고 싶어 당근을 갑니다.

주는 것이 속죄의 길이기에 아침마다 당근을 갑니다.

사과

사과.
사과는 달콤하다.
사과의 뜻으로
당신에게 사과를 보낸다.
뉴턴의 사과처럼
세상을 바꾸지는 못해도
우리의 관계가 회복될 수 있다면
사과.
백설공주를 유혹했던 사과.
당신은 공주보다 더 순결하다.
어제의 분노는 단지 나의 나약함의 표시.
사과.
아침 식탁에 놓인 붉은 사과.
깊은 마음에서 어렵게 건져 올린
홍보석.
반쪽은 당신이 먹고
반쪽은 내게 돌아올
떨리는 심장.
사과.

돈으로 사지만 돈이 아닌
인류의 오래된 반려자.
가을 아침에
당신에게 사과를 보낸다.

근황

미안하다.
좋은 소식을 전하지 못해
나는 매일 빡세게 운동을 한다.
내과 의사의 권고 때문이다.
혈압은 150
고지혈중도 심하다.
약으로만 버티지 못한다.
오래 해왔던 테니스도 하고
새로 배운 골프도 하고
가끔 친구들과 산에 오른다.
에너지를 소비하고
습관처럼 더 많은 에너지를 보충하는 악순환
하나뿐인 몸이 고달프다.
낡은 기계처럼 망가지는 몸뚱어리
대책 없는 몸을 바라보는 힘없는 정신
몸이 망가지면 정신은 어떻게 되나
혼자 살 자신이 없다.
맛있는 건 다 입이 먹고
쓴소리만 들어야 하는 처지

늙은 부부처럼 이러지도 저러지도 못하는 사이
새로운 사랑도 하고 싶은데
원통하다.
몸이 말을 듣지 않는다.

좋은 시

명산에 올라
절경을 본 뒤
친구가 말한다.

"시인은 시 한 편 읊어야지."

입으로 밥 먹고
구불구불 창자를 지나 나오는 똥도
하루가 걸리는데,
눈으로 보고
손으로 금방 쓰는 것은
시가 아니다.

어느 여름날,
오늘 본 소나무가 폭풍에 뽑히어
가을, 겨울, 봄 지나 그리고 또 별빛만큼 지나
맨발로 구불구불 산길을 돌고 돌아,
나에게 담판이라도 짓겠다는 듯
미친년처럼 머리를 풀고

가슴으로 달려들 때,

소스라쳐 잠이 깨
아니 이 년이!
입 열어 온몸으로 밀쳐내는 것이,

좋은 시이다.

은행나무

가을의 은행나무여
활활 불타는 불꽃이여
뱀이 길게 잠으로 들어가는 이 계절에
등대처럼 고향 어귀에서
절룩거리며 돌아오는 나를 위로하는구나.
우리의 지난 삶은 화려한 축제였지만
또한 처절한 투쟁이기도 하였다.
공룡보다도 먼저 지구에 온 은행나무여
아버지에 아버지, 그 먼 아버지가 이 은행나무를 심고
아들에 아들, 그 먼 아들을 기다렸으리라.
우리는 언제나 초월을 꿈꾸지만
인간이 인간을 넘어설 수는 없다.
고향을 지키는 은행나무여
푸른 날의 나를 부디 용서해다오.
와야 할 곳을 알지 못하는 사람은
가야 할 곳도 알지 못한다.
가장 먼 길을 다시 가기 위해
고향 은행나무에 몸을 기댄다.

선물

오목한 몸통에
오목한 밥풀을
오목한 입에
오목하게 나르는
오목한 숟가락.
오목한 혀로
오목한 몸통을
오목하게 핥어
오목하게 나오는
오목한 배.

오,
온 밤을 같이 하고 싶은
오목한 사랑이여.

오목한 숟가락을 고이 싸서
오목한 님께 보냅니다.
오목하게 오래 간직하소서.

산책

온종일 나를 따라가다 보면
황혼녘 빈터에서 나를 마중하는 나를 본다.
누구신가, 화들짝 놀라 뒤를 돌아보면
거기 또 나무 밑에 나를 따라온 나를 본다.

나를 마중하는 나
나를 따라온 나
두 나를 보고 놀라는 나.

나는 재빠르게 마중하는 나로 들어가 본다.
양파처럼 나는 낯설기만 하다.
희망도 낯설고 죽음도 낯설다.

실망하여 따라온 나로 되돌아가 본다.
돌처럼 나는 굳어져 있다.
추억도 굳어져 있고 회한도 굳어져 있다.

내 안에서 나를 보아도
내 밖에서 나를 보아도

초점이 하나로 모이지 않는다.

누구인가 나는?
누구인가 너는?
산책이 끝난 후에도
서로 남처럼 묻기만 한다.
밤안개가 자욱하다.

어떤 추억

초등학교 우리 선생님은
화장실에 안 가는 줄 알았다.
밥도 먹지 않는 줄 알았다.
하얀 얼굴과 긴 손가락은
사람 몸이 아니었다.
하늘에서 내려온 줄 알았다.
시험 본 다음 날 선생님이 부르셨다.
선생님과 함께 선생님 집에서 채점을 했다.
선생님은 고맙다고 과자를 주셨다.
오, 놀라워라, 다 먹기 아까운 미국산 생과자
방학이 되어 개천에서 헤엄치고 있었다.
구름에 가려 별도 뜨지 않았다.
돌다리에서 선생님이 울고 있었다.
옆에는 군복 입은 키 큰 사내가 서 있었다.
새봄에 선생님은 학교를 그만두셨다.
북에서 온 두 뿔 달린 간첩이 끌고 간 줄 알았다.
다음, 다음 새봄에 나도 고향을 떠났다.
40년 만에 찾아간 시골 초등학교
지구 같던 운동장은 공기그릇처럼 쪼그라들었다.

시루 속 콩나물 같던 학생들은 움큼, 움큼 뽑혀나갔다.

빚 갚으러 온 사람처럼 교무실을 두리번거렸다.

호랑이, 소대가리, 대추 방망이, 무섭던 선생님들은
모두 없었다.

긴 머리 빛났던 우리 사 학년 담임선생님도

헛된 꿈인 양 더더욱 보이지 않았다.

감사한 하루

오늘 잘 보냈다
다른 사람 욕을 안 했다.

오늘 잘 보냈다
방에 들어온 개미를 신문지에 싸서
밖으로 돌려보냈다.

오늘 잘 보냈다
시 한 편을 읽고 정성스레 붓으로 써서
오랜 친구에게 보냈다.

오늘 참 잘 보냈다
아내와 함께 외식을 하고 돌아오는 저녁 길에
광장에서 노래 부르는 젊은 무명 가수에게
이천 원을 주었다.

감사하고, 감사하고, 또 감사하다
오늘 밤엔 다리 뻗고 잘 자겠다.

한용운님께

당신은 고향의 선배십니다.
당신은 1879년 태어났고
나는 1953년 태어났으니 생전에 만날 수는 없었습니다.
우리는 함께 용봉산 기골을 이어받았습니다.
용봉산에는 최영장군의 활터가 있습니다.
당신은 젊은 날 나의 우상이었습니다.
당신은 아들이 있는 데도 출가했습니다.
나도 고등학교 때 출가를 꿈꾸었으나 가출로 끝났습니다.
당신은 독립선언서를 낭독하고 옥고를 치렀습니다.
나도 유신반대 단식투쟁을 하였으나 감옥에 가지는 않았습니다.
당신은 〈님의 침묵〉 한 권으로 한국문단을 빛냈습니다.
나는 세 권이나 냈지만 아직도 무명입니다.
나는 당신 앞에 설 때마다 부끄럽습니다.
내가 당신보다 칸트를 더 많이 안다고 해도 자랑할 것이 없습니다.
당신은 절대 모순의 시대 절대 투쟁으로 일관하였습니다.

친일자를 살아 장사지냈고 인연을 끊었습니다.

아직도 남과 북은 갈라져 있습니다.

남한은 오천 년 역사에 가장 풍요롭게 삽니다.

북한은 세계 모든 나라들이 걱정하는 나라입니다.

당신이 지금을 사신다면 어떻게 하겠습니까.

당신은 금강산을 지나 두만강을 건너 블라디보스토크
에 갔습니다.

만주에선 친일 스파이로 오해받아 머리에 총탄을 맞았
습니다.

살아서 그 총을 쏜 젊은 독립군을 격려하였습니다.

나는 비행기로 블라디보스토크를 갑니다.

백두산도 중국을 통해 장백산으로 오릅니다.

조선자치구 중국 땅에서 강 건너 북한을 볼 때마다 눈
물이 납니다.

세계는 급변하고 있습니다.

우리를 둘러싼 4대 강국의 위협은 150년 전과 똑같습
니다.

150년 전 위정척사파와 개화파가 싸움했듯이

남한은 우파와 좌파로 쪼개져 있습니다.

친미파, 친일파, 친중파, 친러파도 여전합니다.

당신은 민족독립을 외쳤습니다.

나는 민족통일을 외칩니다.

당신은 광복을 보지 못하고 망우리 공동묘지에 묻혔습니다.

나는 생전에 평화로운 통일을 보고 싶습니다.

불교가 통일에 어떤 기여를 할 수 있을까요

당신의 〈님의 침묵〉은 이별-갈등-희망-만남으로 되어 있습니다.

남과 북은 이별하고 갈등했습니다.

이제 희망을 품고 만나야 합니다.

희망의 시대 우리 선배 원효는 화쟁을 말했습니다.

화쟁은 합하여 하나가 되지 않고 나누어져 다른 것이 되지 않습니다.

양 극단은 화쟁해야 합니다.

남과 북은 양 극단입니다.

양 극단은 모두 악입니다.

남과 북이 쳐놓은 철조망 사이에서 선한 생명이 넘쳐흐르고 있습니다.

국토의 허리에서 새 기운이 남으로 북으로 뻗어 나가고 있습니다.

대승적 화쟁으로 남과 북은 통일되어야 합니다.

그것이 당신의 유언이라고 생각합니다.

아, 당신은 갔습니다 그러나 나는 당신을 보내지 않았습니다.

4부

눈

자전거

싸락눈 오는 저녁 자전거를 탔다.
집은 멀고
가난이 바람을 막지 못했다.
마른 몸을 실은 두 바퀴가 미끄러져
정신까지 위태롭게 했다.
뒤에 오는 사람이 손짓한다 해도
나는 강변하지 않으련다.

하늘도 도와주지 않던 젊은 겨울날
쓰러지던 쪽으로 온몸을 던진 것이
오늘의 나로 일으켜 세웠다.

바닥

바닥에 떨어져 본 사람은 안다.
바닥이 두꺼운 얼음인 것을.

땅 위를 걷어가는 사람은 입술로 말한다.
파닥 뛰어 얼른 나오라고.

온몸의 열기로 녹여야만 하는 얼음
얼음이 녹기 전에 내가 얼음이 되는 얼음.

바닥에 떨어져 본 사람은 안다.
바닥이 깊은 그리움인 것을.

온 정신으로 지워야만 하는 그리움
그리움을 지우기 전에 내가 지워지는 그리움.

바닥에 떨어져 본 사람은 안다.
바닥에는 바닥이 없음을.

눈 내리는 저녁

그가 풀려 음악으로 오는 저녁
실체 대신 이름을 사랑할 수 있겠다.
뜨겁게 내민 입술이 없어도
뜨겁게 추억을 포옹할 수 있겠다.
가식의 옷을 하나씩 숨죽여 벗기고
거친 숨을 내쉬며 움켜잡는 것은
결국 낯선 어둠.
어둠도 스스로 놀란 듯 두 눈을 똑바로 뜨고
검은 어둠에서 건겨 달라 소리친다.
그러나 검은 어둠이여,
탄생의 신비처럼 사랑의 신비를 나는 모르겠다.
너를 끌어와 안락의 침대에 눕힌 건
백조처럼 빛나는 햇살의 사랑이 아니었다.
또 다른 검은 짐승의 어둠이었다.
어둠이 어둠으로 흐느껴 올 때, 어둠이 문둥이처럼 문
드러질 때, 어둠이 바닥을 치고 솟아올라 나의 어둠을
후려칠 때, 칼날 같은 어둠의 상처가 얼굴을 가리고 뒤
돌아 갈 때, 왠지, 그냥 왠지, 가장 어두운 것이 가장 환
한 생명이 될 수도 있겠다.

그가 풀어져 음악으로 오는 눈 내리는 저녁
악마까지도 사랑할 수 있겠다.

시간

아침에 시간이 웃는 얼굴로 들어와
곤히 잠든 나를 깨운다.
우주의 주인이시여
깨진 세상이 당신의 손길을 기다립니다.
나는 시간에게 고맙다고 눈인사를 한다.

점심에 시간은 멀리 외출을 한다.
나는 사람을 만나고, 일을 만나고
오랫동안 찾았던 사랑을 만난다.
나는 먹고, 마시고, 춤추며
영원만 있는 듯 시간을 잊는다.

저녁에 시간은 엄숙한 얼굴로 돌아와
시험이 종료되었음을 선언한다.
우주의 주인이시여
당신을 보낸 이가 당신의 귀환을 기다립니다.
나는 놀라 시간의 멱살을 잡는다.
멱살 없는 멱살을 힘없이 잡는다.

어머니와 아내

아내에게서 어머니 모습이 보인다.
누워있는 옆모습에서
희끗희끗한 머리카락에서
식탁을 쓸어내리는 손잔등 주름에서.
어머니를 싫어하던 아내에게서
천상에 계신 어머니가 나타나신다.
너무 오래 찾아가 뵙지 않았더니
아들이 보고 싶으신가?
애고 어머니, 아침 잠결에 털썩 잡았더니
두 손이 앙상하고 차다.

이뭐꼬

나는 얼굴입니다.
세수도 하고
분칠도 합니다.
나는 얼굴에서 나온 미소입니다.
입으로도 짓고
눈으로도 짓습니다.
나는 미소를 미소 짓게 하는 정신입니다.
안녕이라고 말합니다.
사랑한다고 말합니다.
나는 정신을 정신 차리게 하는 정신입니다.
사실 그런 정신은 귀신입니다.
그러나 종달새 노래이기도 합니다.
아니 졸졸졸 흘러가는 시냇물입니다.
그래서 나는 이뭐꼬입니다.

12월

나는 학자인가요?
아니에요, 나는 나의 말을 갖지 못했어요.
나는 선생인가요?
아니에요, 나는 우리 학생들의 운명을 이끌지 못했어요.
나는 남편인가요?
아니에요, 나는 아내의 주름진 눈가의 눈물을 닦아주
지 못했어요.
나는 아버지인가요?
아니에요, 나의 자식들이 나처럼 살겠다고 안 해요.
나는 아들인가요?
아니에요, 나는 생전에 부모님을 안아드리지 못했어요.
나는 뚱뚱한 항아리에요.
부모님이 주신 몸도 잘 지키지 못해
사방으로 금이 간 질그릇 항아리에요.
담을 것은 많아도
정작 담아야 할 건 담지 못하는
아! 나는 문 밖에 내놓은 먼지 낀 항아리에요.

지금 이 자리

지금 이 자리.

하늘과 땅 사이에
지금 이 자리.

내가 살고 있는
지금 이 자리.

먼 조상이 눈물로 지켜 온
지금 이 자리.

힘없는 생물들이 죽음으로 마련한
지금 이 자리.

살아생전에 절대와 합해야 할
지금 이 자리.

죽기 전에 영원으로 건너뛰어야 할
지금 이 자리.

지금 이 자리
사람의 자리.

기쁜 안녕

한때 나였으나
이제 나를 떠난
그리운 것들이여 안녕!
둥근 손톱이여 안녕!
너로 인해 힘차게 삶을 움켜쥘 수 있었다.
검은 머리카락이여 안녕!
너로 인해 휘파람을 불며 그 소녀에게 다가갈 수 있었
다.
숨은 욕망이여 안녕!
너로 인해 큰돈을 모을 수 있었다.
왕성한 기억이여 안녕!
너로 인해 내가 쪼개지지 않고 이어올 수 있었다.
아버지가 지워준 이름이여 안녕!
너로 인해 남에게 신의를 지킬 수 있었다.
이제 봉토를 딸들에게 모두 나누어준 늙은 리어왕처럼
쇠꼬챙이 하나 꽂을 자리조차 없는 나여 부디 안녕!
너로 인해 나는 세상을 재미있게 보았다.
그리고 슬픔과 기쁨이 무엇인지 알았다.

메리 크리스마스

나의 따뜻한 손은
차디찬 손이 되게 하시고
나를 찾아온 차디찬 손은
따뜻한 손이 되게 하소서.

그리하여 우리
서로서로 손을 잡게 하소서.

산

산의 본래 모습은
보이지 않는다.
밑에서는 더욱더
보이지 않는다.
가을까지는
절대로 보이지 않는다.
겨울
그것도 늦은 겨울
사람과 다투는 일이 부질없어
홀로 눈길을 눈물로 오르다가
호랑이 등뼈 같은 산을 본다.
허공으로 포효하려는 산.
아버지의 아버지,
그 이전부터 집 가까이서 웅크리고 있었구나.
그러나 산아 나더러 어찌하란 말이냐
백발을 날리며 어디로 가란 말이냐
아직도 눈은 멈추지 않는데
눈은 벌써 가뭇하여 보이지 않는데
빈 등을 내밀면 어쩌란 말이냐.

언제나 어리석은 자는 늦게 깨달아
울기만 할 뿐 행동하지 않는다.
온 집에 불이 나도
도망쳐 나오지 않는다.

근대 서양 과학

소리가 어디 있는가?
냄새가 어디 있는가?
아름다움이 어디 있는가?
착함이 어디 있는가?
사랑이 어디 있는가?
또 영혼은 어디 있는가?
사람은 온통 기계 덩어리인가?
있는 것은 오직 물질뿐인가?
정말로 나는 두뇌인가?
그래 모든 의미는 사라졌는가?
전지전능한 신은 죽었는가?
주술을 벗어난 과학이여 위대하도다!
그러나 이제 너는 어디로 가고 있는가?
성스런 강은 메말라 가고
바다로 가야 할 배들은 강둑에 매여 있다.
웃음 잃은 선원들이
먼지 이는 평원에 거꾸로 누워있다.
사형수가 썼던 밧줄만이
저녁 햇살에 죽은 나무에 걸려 있다.

전지전능한 근대 과학이여
이제 너는 어디로 갈 것인가?

황홀

황홀.
듣기만 해도 황홀하다.
꽃피는 것도
구름 이는 것도
낙엽 지는 것도
눈 내리는 것도 황홀하다.
당신을 만난 것도
아이가 태어난 것도 황홀하다.
그러나 젊었을 때는 세상이 전쟁이었다.
사방팔방이 한숨이었고 눈물이었다.
꿈꿀 때나 꿈 깨서나 한결같이 지옥이었다.
그러나 나는 모르겠다.
그것이 운명이었는지, 우연이었는지
시간이었는지, 신이었는지.
맹세코 모르겠다.
그것이 물이었는지, 불이었는지.
몸이 헐렁해진 날 황홀이 나에게 왔다.
바닥에 쓰러진 정신을 언덕에 세웠다.
멀리 저녁노을이 황홀하다.

밤하늘의 별도 황홀하고
되돌아보면 도시의 불빛도 황홀하다.
우주 너머 우주가 있듯
황홀 넘어 황홀이 있다.
모든 날이 황홀하다.

거대한 무덤

오늘도 도서관에서
공무원 수험서에 파묻혀
먹는 것조차 사치인 우리 대학생들이여!

네가 앉아 있는 도서관은
급할 때 들어가는 화장실이다.
너의 뼈를 묻는 무덤은 아니다.

바늘구멍으로 들어가려는
등에 가득 짐 실은 우리 낙타들이여!
공직은 마른 모래 휘날리는 사막이다.

도서관에 불을 질러라.
먹이를 쫓는 사자처럼 온몸으로 달려 나와라.
네가 쓰러지는 곳이 네가 살 곳이다.

환자를 보지 않아서, 죄수를 보지 않아서
평생을 즐거워 한 늙은 교수는
입이 있어도 할 말이 없구나.

24시간 불 밝힌 거대한 무덤 안에서
소리 없이 죽음으로 걸어가는 피 흘리는 제자를 보며
대포알 맞은 가슴처럼 숨 쉴 수가 없구나.

호박 이야기

먼 옛날이야기입니다.
(안 들으셔도 나는 원망하지 않습니다)
대전 변두리에 우리 집이 있었습니다.
집 뒤는 동산이 넓었습니다.
동산 위에는 명문 여고가 위용을 자랑했습니다.
그러나 우리는 그곳을 호박밭이라고 놀렸습니다.
공부를 잘하면 모두 동글동글해지는지,
그래서 호박꽃은 꽃이 아닌 줄 알았습니다.

나이 들어 고향을 떠났습니다.
(나는 확실히 고향을 떠난 줄 알았습니다)
남자의 운명을 결정하는 결혼식 날
장미를 얻어 좋아했는데 호박밭 출신이었습니다.
아이를 낳은 후 호박죽을 먹였습니다.
오랫동안 호박덩이는 살색으로 곱게 빛났습니다.

개똥벌레처럼 40년을 호박밭에서 굴렀습니다.
호박을 마구 찔러대던 나의 야무진 붉은 고추는 시들
었습니다.

이제 꼭지에서 떨어진 호박이 동산에서 구르려고 합니다.

아이들은 모두 밖에 나가 있습니다.

나는 잡을 힘이 없습니다.

그래서 눈물로써 기도합니다.

보름달 같은 호박이여 어두운 하늘에서 부디 빛나소서.

나는 멀리서 당신만을 바라보겠습니다.

24절기

태양은 우리의 宗敎
스스로 빛을 나투어 만물을 변화시킨다.

첫 번째 절기 입춘 지나 대동강물 풀리는 雨水
좋은 씨앗 고르는 우수 지나 개구리가 잠에서 깨는 驚
蟄
만물이 생동하는 경칩 지나 낮과 밤이 같아지는 春分
들나물 캐어 먹는 춘분 지나 청명에 죽으나 한식에 죽
으나 하는 淸明
하늘 맑아지는 청명 지나 봄비 내려 백곡이 기름 지는
穀雨
못자리 만드는 곡우 지나 신록이 진해지는 立夏
보리 이삭 패는 입하 지나 바람 불어 설늙은이 얼어 죽
는 小滿
냉잇국 먹는 소만 지나 보리 베고 모심는 芒種
까끄라기 곡식 종자 뿌리는 망종 지나 낮이 가장 긴 夏
至
열 받는 하지 지나 작은 더위 오는 小暑
습도 높고 비가 많은 소서 지나 장마 끝나는 大暑

염소 뿔도 녹는 대서 지나 가을의 시작 立秋

벼가 익고 배추 심는 입추 지나 더위가 그치는 處暑

모기 입 비뚤어지는 처서 지나 풀잎에 이슬 맺히는 白露

조상 묘 벌초하는 백로 지나 낮과 밤이 다시 같아지는 秋分

벌레 숨는 추분 지나 제비 가고 기러기 오는 寒露

타작 끝내는 한로 지나 서리 내리는 霜降

단풍 국화 만발하는 상강 지나 겨울 입구 立冬

뱀이 땅굴 파는 입동 지나 첫눈 내리는 小雪

김장하는 소설 지나 호랑이 교미하고 사슴뿔 빠지는 大雪

풍년 눈 기다리는 대설 지나 밤이 가장 긴 冬至

팥죽 먹는 동지 지나 집 나간 사람 찾지 말라는 小寒

대한이 와서 얼어 죽는 소한 지나 포근한 大寒

매듭짓는 대한 지나 다시 길해지는 立春.

기뻐할 때 기뻐하고 슬퍼할 때 슬퍼하라

돌고 돌아 제 자리로 오는 것이 우리 종교의 奧義.

오래된 오늘

사람은 오늘 죽는다
내일이 아니라 오래된 오늘 죽는다
묘지에 쓰인 날짜는
타인의 죽음이다.

고양이에게 쫓긴 쥐가
어두운 구멍으로 도망쳐 들어가듯
오늘 막다른 순간 빈 구멍으로
홀로 내가 연습도 없이 빨려 들어간다.

내일이면 세상은 있어도 내가 없다
나의 죽음은 글자가 된다
나의 죽음은 타인의 먹이가 된다
나는 밝은 어둠으로 해체된다.

자작시 해설

시란 무엇인가

이 효 범

1.

나는 아침마다 여섯 곳에 카톡으로 한 편의 시를 보냅니다. 우리 가족, 초등학교 동창 모임, 고등학교 동기 모임, 시모임, 테니스 모임, 대학 동료 모임이 그곳입니다. 이 작업을 오랫동안하고 있습니다. 주말을 뺀 일주일 내내 시를 보내려면 최소한 5편의 시를 준비해야 합니다. 어떤 날은 준비한 시가 아침에 다시 읽어보면 밤새 쓴 연애편지처럼 마음에 들지 않아 도저히 보낼 수가 없습니다. 그래서 보통 10편 정도를 일요일 오후에 선정하고 있습니다. 이제 이렇게 선정한 시는 제 키를 넘었습니다.

우리나라 시, 일본 시, 중국 시, 한문 시, 서양 대륙이나 영미의 시, 그 이외의 세계의 시를 접하면서 시가 무엇인가를 생각하여 보았습니다. 글쎄 시가 무엇일까요? 그것을 한마디로 단정할 수 있을까요? 비트겐슈타인은

'게임'을 정의할 수 없다고 하였습니다. 축구, 야구, 바둑, 당구, 윷놀이, 술래잡기, 온라인상의 수많은 게임들에 어떤 공통적인 성질이 있을까요. 그래서 그는 '가족 유사성'이라는 말을 했습니다. 모든 가족의 얼굴을 보면 하나로 묶을 공통점은 없습니다. 그러나 부모 형제자매들은 서로서로 조금씩 닮기 때문에 누구네 가족으로 식별할 수 있습니다. 그렇듯이 시라는 이름으로 쓰인 수많은 글들에게 하나의 공통점을 찾기란 불가능할 것입니다. 그러나 그것들은 서로 조금씩 닮은 점이 있기 때문에 소설과 다르고 또 개떡일 수 없는 겁니다.

여기서 내가 하고자 하는 것은 그런 거창한 시의 정의를 찾는 작업이 아닙니다. 내가 만난 시의 모습을 그리려는 것입니다. 일찍이 공자는 황하를 중심으로 불렸던 시 3,000여 편을 305편으로 간추려 시경詩經으로 정리하였습니다. 그런 후에 시경의 시 삼백 편을 한마디로 '사무사思毋邪'라고 평했습니다. 생각에 사특함이 없다는 뜻입니다. 나는 시에 대해 일언이폐지—言以蔽之할 능력과 용기는 없습니다. 다만 시를 쓰면서, 그리고 시를 읽고, 정리하면서 시들이 햇살 아래 내게 보여준 따뜻한 얼굴의 여러 모습들을 단편적으로 짤막하게 묘사하려고 합니다.

2.
시는 한자로 '詩'라고 씁니다. 이 글자는 말씀 '언言'에

절 '사寺'가 합쳐진 글자이니 시는 '절에서 하는 말씀'이라는 뜻이 됩니다. 절에서 하는 말씀은 도대체 어떤 말씀일까요? 글쎄요. 그것은 우선 진리의 언어라고 생각됩니다.

불교에선 말하는 진리는 깨달음이겠지요. 깨달음의 내용을 부처는 말합니다. "모든 악을 짓지 말며, 모든 선을 받들어 행하고, 그 마음을 스스로 맑게 하는 것, 이것이 모든 부처의 가르침이다.諸惡莫作 衆善奉行 自淨其意 是諸佛敎" 그 마음을 맑게 하여 자신의 성품을 사실 그대로 보는 것, 그리하여 자신은 없다는 것無我을 깨닫는 것이 불교의 진리입니다. 그러나 진리는 불교가 독점하는 것이 아닙니다. 요한복음 8장에 의하면 예수도 "진리를 알지니, 진리가 너희를 자유케 하리라." 하셨습니다. 하나님은 예수를 통해 사람들을 죄에서, 또 그 죄의 결과인 사망에서 구원하려고 하십니다. 공자는 또 어떻습니까? 그는 "아침에 도를 들을 수 있다면 저녁에 죽어도 좋다.朝聞道 夕死可矣"고 논어 이인편에서 말합니다. 종교에만 진리가 있는 것이 아닙니다. 철학은 이 문제로 몇 천 년을 싸움하고 있습니다.

시는 예술의 한 분야입니다. 그런 예술에 속하는 시가 과연 종교적 거대 진리, 평생을 구도하면서 어쩌면 목숨보다도 더 귀한 이런 진리를 추구한다고 볼 수 있을까요? 아니면 철학자들이 입에 거품을 품고 다투고 있는 냉혹하기 그지없는 그런 차디찬 진리를 따라간다고 할 수 있을까요? 아니라고 생각됩니다. 사실 시는 종교도, 철학도 아닙니다. 그러므로 당연히 가는 길도 다릅니다. 예술은 크게는 진, 선, 미의 가치 중에서 미의 가치를 추구합니다. 시도 예술에 속하니까 본질적으로 심미적 가치를 추구한다고 보아야 합니다. 그렇다고 시는 진리를 떠나 인간의 감정이나 표현하고 사람들에게 생경함과 충격을 주는 것으로 만족할 수 있을까요? 나는 그렇지 않다고 생각합니다. 시는 플라톤이 말하는 이데아를 모방하는 것이 아닙니다. 그렇다고 아리스토텔레스가 말하는 카타르시스를 통한 정화만으로 시를 온전히 설명할 수도 없습니다. 시는 분명히 어떤 식으로든 진리와 관계합니다. 그런데 진리는 자연에도, 무의식에도, 문화나 사회에도, 심지어 존재 그 자체나, 우리가 밥짓고 설거지하는 일상적인 곳에도 존재합니다. 산을 산이라고 말하고 물을 물이라고 말하면 이것이야말로 진리입니다. 정의를 불의라고 말하거나 불의를 정의라고 하면 거짓이 됩니다.

과학은 진리를 추구합니다. 그러나 과학적인 진리만이 진리의 무한한 세계를 우리에게 다 드러내 주는 것은 아닙니다. 우리가 신고 있는 구두를 생각해 봅시다. 과학은 이 구두를 어떻게 말할까요. 그야말로 시간과 공간 속에서 인과적으로 보이는 물질적 현상을 설명할 것입니다. 그러나 그것이 구두의 전부는 아닙니다. 자식들의 교육 때문에 번번한 구두 한 번 사지 못하고 뒤축을 몇

번이나 갈아 끼면서 물이 새어 양말이나 발가락이 젖지만, 그냥 신고 일하는 늙은 노동자의 낡은 구두를 과학자는 어떻게 설명할 수 있을까요. 그 구두에는 과학자가 설명하지 못하는 또 다른 구두의 진실이 내포되어 있습니다. 그런 객관적이지도 않고 검증 가능하지도 않은 진리를 시나 그림이나 음악은 나름의 독특한 방식으로 증거할 수 있습니다.

진리는 은밀하게 은폐되어 있습니다. 진리는 전혀 관계없이 보이는 이것과 저것 사이에 놓여 있기도 합니다. 또한 진리는 퍼즐처럼 여러 조각을 맞추어야 비로소 그 모습을 드러내기도 합니다. 그런 의미에서 시인은 막장의 광부처럼 평생 동안 어둠에서 진리라는 보석을 캐는 사람입니다. 시인은 예리한 탐정처럼 희미한 단서에서 진리라는 진범을 밝혀내는 사람입니다. 아니 시인은 아마 요리사인지 모르겠습니다. 여러 음식 재료들을 적절한 비율로 섞은 후에 지지고 볶아 우리의 피가 되고 살이 되는 감미로운 밥상을 차리니까요.

그런 의미에서 시인이 창작한 시는 많은 사람들이 놓친, 그리고 잘못 본 진리를 우리에게 보여주는 것입니다. 시적 언어를 통해서 말이죠. 언어를 통한 진리 세계의 확대, 그것이 시의 존재 이유입니다.

3.
절의 언어인 시는 침묵의 언어이기도 합니다. 그러나

침묵의 언어라고 하는 것은 사실 모순입니다. 침묵은 말하지 않는 것 즉 비언어를 뜻합니다. 그러면 침묵의 언어는 '비언어의 언어'가 됩니다. 이것은 그토록 아리스토텔레스가 싫어하고 그리스 사람들이 법정에서 피를 흘리며 논쟁했던, 동시에 존립할 수 없는 것을 존립시키는 오류가 됩니다. 이것은 둥근 삼각형처럼 전지전능한 신도 만들 수 없고, 적극적이고 긍정적으로 생각해 볼 수 없는 그 무엇입니다. 이런 오류를 인정하게 되면 존재도, 사유도, 추리도, 언어도 불가능해집니다.

그런데 시가 무엇이관데 감히 침묵의 언어라고 말할 수 있을까요? 침묵과 대비되는 곳에 소란이나 시끄러움이 있습니다. 시장에 나가 보면 많은 사람들이 소리치는 장면을 볼 수 있습니다. 우리 가게의 물건이 가장 싸고 품질도 좋다고 상인은 입에 거품을 물고 손님을 끌어당깁니다. 한 푼이라도 더 깎으려고 아주머니는 소리 내어 흥정합니다. 생활의 최일선, 살아 있는 아름다운 풍경을 깎아내릴 의도는 없습니다. 그러나 이런 시끄러움 속에는 살려는 의지만 강렬하게 부딪칠 뿐 한 발짝 물러서서 인생을 반추하고 그것에서 샘물처럼 고요히 고이는 정갈한 의미는 드러나지 않습니다. 시끄러운 소리는 거래가 끝난 후에는 곧바로 사라집니다. 그것은 기록할 가치조차 없습니다. 그러나 인생을 반추한 의미는 오래 여운으로 지속되어 어떤 경우에 다시 커다란 울림으로 재생됩니다. 시는 시장의 시끄러운 언어가 아닙니다. 찰나적이고, 현실적이고, 목전의 이익만 추구하는 일차적 욕망의 소리가 아닙니다. 말하고 싶은 욕망을 참고 또 참으며, 보이는 것만이 전부가 아니라고 믿고 기다리며, 그것이 가능했던 토대와 그것이 가려고 하는 지점까지를 모두 아우르면서 조심스럽게, 조그맣게, 은밀하게 그러나 거부할 수 없고, 섬뜩하게, 심장에 대고 외치는 속삭임입니다. 이런 시는 오랜 기다림의 침묵 속에서만 발효됩니다. 그것은 수도꼭지만 틀면 콸콸 쏟아지는 수돗물이 아닙니다. 아침 일찍 샘에서 길어 온 동이의 물을, 집 뒤 장독대 위에 놓고, 눈물로 기도한 후에, 주변에 뿌려 사방을 정갈하게 하는 정한수인 것입니다.

4.

절의 언어인 시는 또한 자비의 언어입니다. 자비는 사랑이나 인과 같은 의미입니다. 서양에서는 보통 에로스적인 사랑, 필리아적인 사랑, 아가페적인 사랑이 있다고 말합니다. 에로스는 극빈의 신 페니아Penia와 편법의 신 포로스Poros의 아들입니다. 그래서 에로스는 이 두 반대의 속성을 아울러 가지고 있습니다. 풍요와 빈궁 사이, 지식과 무지 사이, 행복과 불행 사이를 끝없이 방황하는 것이 에로스적 사랑의 모습입니다. 필리아는 사람들 사이의 사랑을 의미합니다. 우리는 보통 우정이라고 번역하고 있지만 그리스 사람들은 그것보다는 더 넓은 의미로, 가족이나 연인이나 친구 사이에 결핍이나 열정으로 전락하지 않는 상호적인 온정을 필리아라고 불렀습니다. 아가페는 기독교 성서 속에 나오는 하나님으로부터 인간에게 내려오는 은총적인 사랑입니다.

유교에서 말하는 인도 사람을 사랑하는 마음입니다. 공자는 그런 마음이 있어야 인간은 비로소 인간이 될 수 있다고 강조합니다. 그러므로 인은 인간이 사회적 인간으로 형성될 수 있는 가능 조건입니다. 공자는 인간은 누구나 강직하고, 과감하고, 소박하고, 어눌하고, 순박하고, 용기 있고, 근심이 없으며, 예에 따라 행동할 줄 알고, 한 그릇의 밥과 한 바가지의 물을 먹으며 누추한 집에 살면서도 생활의 즐거움을 누릴 수 있는 인이라는 선한 본성을 하늘로부터 부여받았다고 말합니다. 그래서 이기적으로만 살지 말고 그런 본성을 실현하며 살아야 진정으로 사는 일이라고 가르칩니다.

불교의 자비도 이와 다르지 않습니다. 남방 불교에서 자비는 여락與樂과 발고拔苦를 의미합니다. 여락은 이익과 안락을 가져다주는 자慈를, 발고는 불이익과 고통을 제거해 주는 비悲를 말합니다. 힘과 돈이 있다고 저 높은 곳에서 거지에게 한 푼을 던져주는 것이 아니라, 고통을 받는 사람에게 내려가서 그와 함께 울면서 역경을 극복하는 것이 자비입니다. 마치 어머니가 그 외아들을 목숨 걸고 지켜내는 것처럼 일체의 생명에게 행복이 있으라고 기도하는 것이 자비입니다.

이처럼 시의 언어는 사랑의 언어이어야 합니다. 우리

가 사랑으로 세상을 보지 않으면 나는 세상과 아무런 관계를 맺을 수 없습니다. 이기적인 나를 초월하여 세상으로 나아가게 하는 것은 결국 사랑의 힘입니다. 만약 세상에 사랑이 없으면 세상을 구성하는 모든 단위들은 단절되어 고립된 채로 존재하게 될 것입니다. 그런 곳에는 시가 존재할 이유도 없고 존재하지도 않습니다. 우리의 정신은 늘 무엇인가로 향합니다. 그런 정신에 드러나는 것을 우리는 이야기 합니다. 거울 속에 바깥의 대상이 잡히듯이 우리 정신에 포착되지 않는 것을 우리는 알 수가 없습니다. 그런데 우리는 사랑을 가지고 있어야 우리 밖에 있는 것들을 풍성하게 초대할 수 있습니다. 우리가 무관심하면 그것은 우리 집을 배회할 것이고, 더구나 우리가 증오심을 가지고 있으면 그것은 돌 맞은 개구리처럼 멀리 도망갈 것입니다.

시인은 사랑으로 마음의 문을 열고 따뜻하게 손님을 맞이해야 합니다. 먼 데서 온 손님들은 생경하고 생소한 이야기를 들려줄 것입니다. 그것을 호기심과 인내를 가지고 동정하며, 기꺼이 그대로 받아 적는 것이 시입니다. 시는 억지도, 이론도, 주장도 아닙니다. 시는 허구로 꾸며낸 공상 영화가 아닌 것입니다.

5.

끝으로 절의 언어인 시는 치유의 언어입니다. 중국 선종의 역사를 보면 달마가 나옵니다. 그는 불사를 많이 한 양무제를 만났으나 아직 자기의 도를 전할 때가 되지 못함을 알고 숭산에 있는 소림사에 가서 온종일 벽만 보고 정진하였습니다. 겨울에 한 제자가 찾아왔습니다. 달마는 문도 열어주지 않았습니다. 제자 혜가는 자기가 얼마나 공부하고 싶은지를 보이기 위해 차고 다니던 칼로 자기 팔을 끊었습니다. 붉은 피가 하얀 눈밭 위에 떨어졌습니다. 달마가 비로소 나와 묻습니다. "무슨 일로 찾아왔느냐?" 제자가 답했습니다. "제 마음이 편치 않습니다. 제발 이 마음을 편하게 해 주십시오." 그러자 달마가 말합니다. "편치 않은 마음을 가져오너라. 그러면 내가 너의 마음을 편안하게 해 주겠다." 제자는 정신없이 찾습니다. 그리고 실망하여 한숨을 내쉬었습니다. "아무리 찾아보아도 불안한 마음이 어디에 있는지 찾을 수가 없습니다." "내가 너의 마음을 이미 편안하게 해 주었다." 달마의 이 한마디는 혜가에게는 천둥이고 번개였습니다. 혜가는 이 한마디 말로 고통에서 벗어나 치유가 되었습니다.

사실 불교의 팔만대장경은 모두 치유의 언어입니다. 불교를 창시한 고타마 싯다르타는 고통에 시달렸습니다. 그에게 세상은 고통의 바다였습니다. 그것을 해결하기 위해 왕자의 자리를 던져버리고 자진해서 고행의 길을 선택한 것입니다. 그러므로 그가 깨달은 것은 치유의 방법이었습니다. 시의 길도 마찬가지입니다. 권력이나 명예를 얻기 위해 시를 시작하는 사람은 없습니다. 신이

들린 무당처럼 어쩔 수 없이 시가 찾아와 운명처럼 시를 써야 하는 시인이나, 자신의 문제에서 시작하여 시의 세계로 스스로 걸어 들어간 시인이나 모두 환자들입니다. 그들은 살기 위해 시를 씁니다. 시를 쓰지 않으면 치유될 수가 없기 때문입니다. 그러므로 시인이 진심으로 쓴 시는 모두 치유의 약효를 가지고 있습니다.

시는 영혼을 위한 약입니다. 우리는 그 약들을 자기 상태에 맞추어 복용해야 합니다. 영혼이 탁하고 병들수록 우리는 시를 더 가까이해야 합니다. 그러나 아무 약이나 먹는다고 치유가 되는 것이 아닙니다. 우리는 쾌락을 위하여 비아그라나 마약을 사서는 안 됩니다. 그런 약을 먹으며 비슷한 악의 자식들이 되어 그늘 속에서 낄낄거리며 음란의 저편으로 건너가서는 안 됩니다. 시중에는 쾌락을 위한 시들로 넘쳐 납니다. 삶의 고뇌와 방향도 없이 공장의 상품처럼 마구 찍어낸 쓰레기 같은 시들이 홍수처럼 인터넷이나 책 시장을 쓸고 다니고 있습니다. 그런 의미에서 시를 많이 쓰는 것이 결코 자랑이 아닙니다. 매일 일어나는 잡다한 마음의 생각을 동어반복처럼 읊어 대는 것은 결코 시가 아닙니다. 물론 한 편의 진실한 꽃을 피워 내기 위해서는 만 번의 가짜 꽃을 만들어 내야 합니다. 그러나 그가 진정한 시인이라면 그 가짜 꽃들을 아낌없이 버려야 합니다. 아쉽지만 더 많이 버릴 줄 아는 사람, 그런 사람이 위대한 계관시인입니다. 자기 말에 책임을 지지 않고 입술로만 지껄이는 사람, 만병통치약을 파는 가짜 약장수처럼 화려하게 떠벌리는 시인을 우리는 경계해야 합니다.

공자는 어느 날 아들 백어伯魚에게 시경을 배웠느냐고 물었습니다. 아들은 아직 안 배웠다고 답했습니다. "시를 배우지 않고는 남과 어울려 이야기할 것이 없다.不學詩無以言" 공자의 엄한 꾸지람이 나왔습니다. 왜 공자는 아들에게 시를 배우라고 권했을까요? 그는 시에는 사악함이 없다고 믿었습니다. 시의 본령은 사실성과 진정성이라는 겁니다. 시를 통해 인간은 비로소 진정성을 만날 수 있고, 그 힘으로 인간은 어떻게 살아가야 하며 또 인간이 다른 인간과 어떻게 만나야 하는가를 알 수 있다는 것입니다. 그럴 때 인간은 자기의 폐쇄성을 극복할 수 있습니다. 인간이 가진 이기심은 구심력으로 작용하여 자신을 한없이 자기중심으로 만듭니다. 사실 서양 근대정신을 가져온 데카르트의 '코기토 에르고 줌cogito ergo sum(나는 생각한다 그러므로 나는 존재한다.)'의 나도 '생각하는 나'입니다. 이런 나는 나 안에 갇혀 도저히 밖으로 나갈 수 없습니다. 심지어 나의 육체도 진정한 나가 아니게 됩니다. 그런 나는 남과 소통할 수 없고 더 나아가 동물과 자연을 보살필 수가 없는 것입니다.

이런 못된 질병은 치유되어야 합니다. 우리가 당했듯이 이런 서양의 근대정신은 세계를 식민지화했으며, 자연을 철저히 파괴하였습니다. 서양의 근대는 오직 사람, 그중에 백인, 그중에 남자만이 가치 있는 존재였습니다.

이런 오만하고, 파괴적이고, 독재적이고, 주관적이고, 편견적이고, 몰상식하고, 어쩌면 스스로를 멸망시키는 너무 슬픈 질병은 시의 힘으로 고쳐질 수 있습니다. 그런 의미에서 시는 진리와 평화의 세상으로 가는 가장 중요한 수단입니다. 이것이 어린 나이에 시를 읽혀야 하는 이유라고 나는 생각합니다.